没有人想读的书

[英] 理查德·阿尤阿德 著　　[英] 托尔·弗里曼 绘　　李悦琪 译

人民文学出版社　天天出版社

著作权合同登记：图字 01-2022-2293

Text © 2022 Richard Ayoade

Illustrations ©2022 Tor Freeman

Published by arrangement with Walker Books Limited, London SE11 5HJ.

图书在版编目（ＣＩＰ）数据

没有人想读的书 / (英) 理查德·阿尤阿德著 ;(英) 托尔·弗里曼绘 ; 李悦琪译.
-- 北京 : 天天出版社, 2023.4
（国际获奖大作家系列）
ISBN 978-7-5016-2016-6

Ⅰ.①没… Ⅱ.①理… ②托… ③李… Ⅲ.①中篇小说－英国－现代 Ⅳ.①I561.45

中国国家版本馆CIP数据核字(2023)第044601号

责任编辑：郭　聪　郭剑楠　　　　美术编辑：丁　妮
责任印制：康远超　张　璞

出版发行：天天出版社有限责任公司
地址：北京市东城区东中街 42 号　　　　邮编：100027
市场部：010-64169902　　　　　传真：010-64169902
网址：http://www.tiantianpublishing.com
邮箱：tiantiancbs@163.com

印刷：北京利丰雅高长城印刷有限公司　　经销：全国新华书店等
开本：880×1230　1/32　　　　　　　印张：4
版次：2023 年 4 月北京第 1 版　　印次：2023 年 4 月第 1 次印刷
字数：53 千字

书号：978-7-5016-2016-6　　　　　定价：30.00 元

"嘿，我总算逃出来了，啊？"

——伍斯特

出自 P.G. 伍德豪斯《谢谢你，吉夫斯》

序

在这部分，我——一本书提出了几个重要问题并给出了答案，这基本上算是一个不错的开头了。

你为什么想要读一本书？

人们说不应该以"封面"取"书"，可你还能怎样判断自己会不会喜欢一本书呢？

你不能通过"阅读"来确定自己想不想读它，因为如果完成了这一步，你就已经读完这本书了。

因此，我们书总是想让自己的封面看起来有趣一点，

图1:

各式图书封面

但是，我们从惨痛的教训中得知，即使用一只金光闪闪的大独角兽或一只充满魔力的可怕巨龙来装点自己，仍然远远不够。我们怎么能忘记自己曾像实心球一样被扔进房间，还被遗忘在臭烘烘的杂物堆下，甚至被摆在书架上终身与灰尘为伴？你可能会问："待在落了些灰尘的书架上很糟糕吗？"好吧，你不是书。我对粉尘严重过敏，而且没有鼻子，那么，我想打喷嚏的时候该怎么办呢？

哦，对了：

你好，我是一本书。

我猜你可能会觉得一本书说"你好"非常奇怪，不过，书为什么不能说"你好"呢？我们又不是动物。再说，在你们喜欢的那些故事里，动物们都会说"你好"，还会出现各种不现实的行为，比如，老虎不会一口咬掉你的脑袋，而是坐在桌边吃糖霜面包，这才叫奇怪呢。

给你一条小建议：如果你在家里看到一只老虎，赶紧跑。

如果你想和动物交朋友，那么，至少选择一种不会吃人的动物吧！[1]

图2：水豚
世界上最大的啮齿动物（非等比例示意图）
（围巾为模特的私人物品）

---

1 或许你可以考虑和水豚交朋友。水豚应该是你能见到的最友善的哺乳动物了。它们原产于中美洲和南美洲，以食草为生，体重可达65公斤，长得就像是有人把袋鼠的脑袋塞到了松鼠的尾巴里面。它们皮肤干燥、擅长游泳。顺便说一下，你刚刚读的这段话叫作"脚注"，不是脚趾上的乱涂乱画，是指书页底部或者说"页脚"处的注释。

1.发现老虎

2.离开房间

图3:

发现家里有老虎该怎么办

不好意思，我确实有的时候脾气不太好。你会这样吗？以下是最令我气愤的五件事：

1. 通过折角来标记自己读到了哪一页。

那些野蛮人是没有听说过"书签"或者"便笺"吗？他们是没有"记忆"吗？你会希望自己的哪个身体部位被折叠起来呢？

2. 在书上画线。

每一个字都很重要！

3. 直接跳到结尾。

如果结尾需要这么早出现的话，那它就应该叫"开头"。

4. 读了一段就放弃。

你在害怕什么？害怕再浪费十二秒钟吗？

5. 数学不好。

好了，或许你在看到书名的时候就已经猜到了，我

椅上折叠

简易后折

环状折臂
又名"大回环"

旋转折叠

彩虹折叠

"之"字折叠

轻微折叠

图4:

身体折叠示例

要给你讲的是一个关于《没有人想读的书》的故事。这是一个非常触动人心的故事。毫不夸张地说，这可能是有史以来最重要的一本书。为什么？因为这是第一本由"书"写的书：和绝大多数的书不同，它不是由作者写的。我跟你说，作者们非常讨厌，他们一直讲啊讲，写啊写，却根本不了解书。他们觉得我们只是为了取悦他们而存在的！他们知道一本书的真实感受吗？

　　嘿，是时候来点儿不一样的了。

现在，我说了算，
请退后[1]

　　请系好安全带，这将是一段充满颠簸的阅读之旅。

----

1 但是不要退得太后，否则你就看不清字了，除非你正拿着望远镜读书。不过，如果是这样的话，我可不可以问个问题："你为什么要用望远镜呢？"另外，你为什么要系着安全带站在那里呢？坐下！我要开始写我的故事了！

图5:

你和书之间的最佳距离

1. 太近

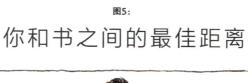

2. 太远

3. 刚刚好

第一章

在这一章中，我要开始写作我的不朽著作（同时也是畅销佳作[1]）了。这是一个关于"没有人想读的书"的故事。

《没有人想读的书》没有什么金光闪闪、充满魔力或者恐怖的封面设计，其实它根本就没有封面设计，除非你认为空白本身就是一种设计。它唯一能让人记住

---

1 这取决于它的销量如何。顺便说一句，我一直不明白为什么销量好的书会被称为"畅销佳作"。它们够不够"佳"和销量好不好有什么关系呢？它们只是卖得比别的书"多"一些而已，所以应该管它们叫"多销作品"才对。

的地方在于……哦，没有，《没有人想读的书》能给人留下的唯一印象就是没有印象。

它看起来灰蒙蒙的，就像是沼泽中的模糊倒影。或者你可以想象一下，盯着学校食堂的餐桌看一小会儿，然后让目光在空中游移，大约一个小时后，你会发现所有东西都变成了模糊的一片，你什么都看不清，完全无法说出自己看到了什么。这本书看起来就是这个样子。我们还可以用一个等式来说明：封面的趣味等级 = 0。

至于内页嘛……

想象一下你见过的最干枯的树叶吧，你把它从地上捡起来，它就会立刻粉碎，像一块被踩碎的薄脆饼干一样。哪怕是最轻的微风拂过，它都会变成上亿个小碎片。

和这本书相比，这样的树叶就像身处一片郁郁葱葱的热带花园，还能得到瀑布的温柔浇灌。

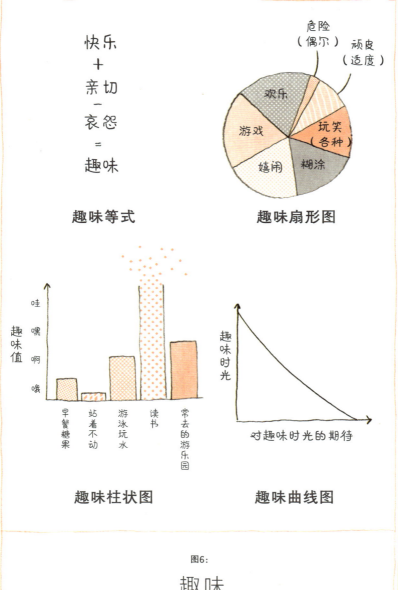

快乐
＋
亲切
－
哀怨
＝
趣味

趣味等式

危险
（偶尔）
顽皮
（适度）

欢乐
游戏
玩笑
（各种）
嬉闹
糊涂

趣味扇形图

哇 嘿 啊 哦

趣味值

早餐糖果
站着不动
游泳玩水
读书
常去的游乐园

趣味柱状图

趣味时光

对趣味时光的期待

趣味曲线图

图6:

趣味

　　《没有人想读的书》的纸张干枯至极，就连蛀书虫都躲得远远的。"我们没法儿消化这本书，"它们会说，"它简直味同嚼蜡。"然后，它们就会去找那些纸张更加柔软的书，在里面睡觉、吃早餐。

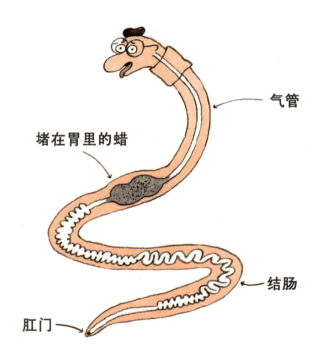

气管

堵在胃里的蜡

结肠

肛门

图7：嚼过蜡的蛀书虫的消化道

没有人想读的书

有些人喜欢闻书的味道，他们之所以会这么说，是因为没有闻过《没有人想读的书》。《没有人想读的书》带有一种难闻的霉味，当中混合着霉菌的味道、布满灰尘的苔藓的潮湿气味和学校运动会上从远处飘来的厕所的恶臭。不过，散发出这种讨厌的刺鼻气味并不是《没有人想读的书》的错：它又不能给自己洗澡。

书不太适合淋浴，泡澡也不行，就连湿毛巾都让我们避之不及。只要遇到一点点水，我们就会非常难受，变成一页页透明的纸。即便可以完全晾干，也会肿胀起来，不用多久，我们就会变成肿头肿脑的丑八怪，完全没有办法站直。一些同伴彻底散了架，其他的则（咝……）变得字迹模糊。

对我们书来说，"字迹模糊"是词典（最高等的书，也是我的知己）里最可怕的词。你知道它是什么意思吗？它是指书上面的字非常不清楚，以致无法或难以阅读。

如果一本书变得字迹模糊，那它还是书吗？

你有没有听过那个古老的哲学问题：如果森林里有一棵树倒了，但是没有人听到，那它有没有发出声音呢？

我知道这个哲学问题的答案：

是的，它发出了声音。
这是显而易见的。

我还知道它发出的声音是："哎哟！"

你看，这些我都知道，因为我们书就在现场。纸张来源于树木，也就是说，我们曾经就是那些树木的一部分。我可以告诉你，在没有人的时候，那些家伙会无拘无束地尽情玩耍。[1]

---

1 也就是说，树木并非一直都是那么强壮而沉默的。倒下后，它们也会忍不住骂几句脏话。

图8:

森林的沉默

刚才说到"如果森林里有一棵树倒了",是想要和你探讨"什么是声音"这个问题。声音需要有人听到。如果没有人听到,那声音还存在吗?

有时候我会想,其实我们书也是这个样子。如果没有人阅读我们,那我们是什么呢?

如果没有人看到你,那你还是人吗?你怎么能知道自己是真实存在的呢?你就会是隐形的![1]

我们书需要有人看到我们,需要有人把我们捧在手里,需要有人听到我们的声音。这就是为什么说孩子是最好的读者,因为他们知道自己也是这个样子的。[2]

现在你可能在想,假如喜欢听一本书唠叨上五十个小时,这样下去也没有什么,可故事怎么办?你什么时候继续讲故事,说说关于《没有人想读的书》的事?此时此刻(坦白说,可能比这一刻更早一点),你会以为

---

[1] 隐形会带来的问题有:被别人撞到、无法拍出好照片。
[2] 我不知道这是不是事实,只是希望能得到你的支持。

图9:

隐形带来的问题

《没有人想读的书》就是这个样子的。那么，请牵好你的骆驼——下面我们来继续讲故事。不管怎么说，我们已经讲了一点点了。

现在我们已经知道《没有人想读的书》长的是什么样子（都是一些胡扯），摸起来是什么手感（非常干枯），闻起来是什么味道（不怎么好闻），那它的内容到底是什么呢？

书不仅是一件物品，它还像是一个运输工具——一辆满载着语言、故事和想法的卡车，会在你的头脑边慢慢停下。

这就是为什么当你问朋友有没有读过某本书的时候，你并不是在问他有没有读过你手里的那本书。你真正要问的是："那辆满载着语言、故事和想法的卡车有没有也在你的头脑边慢慢停下？"换句话说，"你喜欢那本书的内容吗？"再换句话说，"你喜欢它的讲述方式吗？"

骆驼围栏

骆驼说教

骆驼旗语

骆驼训斥

图10:

管教骆驼的多种方法

将一本书和其他书区分开来的是它的内容。即使一本书以纯金打造，装点着宝石，薄纱书页间有天使的甜蜜气息拂过，它仍然可以是一本无趣的书。

图11：想法卡车（运输工具）

那么，《没有人想读的书》的内容到底是什么呢？

这是一个很难回答的问题。

没有人知道。

没有人打开过《没有人想读的书》，因为没有人想要读它，从来没有。

但是，一天，不一样的事情发生了……

第二章

在这一章中，你最喜欢的书、你永远的朋友——我开始构建故事的场景，并且带你认识你自己。故事的序幕正在缓缓拉开。

我想再多讲一些关于这"一天"的事情。你只要想一想就会知道，每一天都可以是"一天"。这一天为什么如此特别呢？

这一天如此特别是因为——在这特别的一天，一个特别的孩子走进了一座特别的图书馆，这里有一本特别的《没有人想读的书》。如果不介意的话，请你帮我想象一下这座特别的图书馆是什么样子吧。我还不太会讲故事，我希望能够营造一个恰当的氛围。

它是大是小？

……我同意，大一点似乎更合适。

是新是旧？

……没错，好像是应该旧一点，《没有人想读的书》应该已经在这座图书馆里放了很久了。

我们是不是应该想象这座图书馆里结着一些蜘蛛网？

……我明白你在想什么，可这样一来，整个故事可能就有点阴森恐怖了。这是一座图书馆，不是鬼屋。那我们就想象这里飘散着一点灰尘的气味吧——不是什么令人讨厌的味道，只是鸡毛掸子的任务可能重了一些。

现在，我们来想想
那个孩子吧！

……我们来和这个特别的孩子见见面。但是请注意，不要把这个孩子想象得过于特别。

图12：不那么特别的孩子

比如，如果我说这个特别的孩子是一个八岁的女孩，扎着红色的辫子，家住伊普斯威奇[1]，还会喷火，那你就会想：我和她完全不一样，我长着一头棕色的卷发。另外，伊普斯威奇是哪里，怎么会有人住在那儿？[2]

图13：会喷火的女孩

---

1 伊普斯威奇是英国东部萨福克郡的一个城镇。——编者注。
2 我以前就住在伊普斯威奇，所以我可以拿它开玩笑，就像你可以取笑你的兄弟姐妹、朋友、父母，但如果其他人胆敢拿他们寻开心，那就要小心了。不过，尽量还是对你的兄弟姐妹、朋友、父母好一点，毕竟他们是你的兄弟姐妹、朋友、父母。

我们每一个人都是特别的，但通常情况下，书中的人物不会非常特别。他们或强壮，或帅气，或美丽，或迷人，要不然就是坏人。我觉得我们应该做一些不一样的尝试。

帅气的王子　　　　邪恶的女巫　　　　滑稽的同伴

图14：三种常见人物

你会怎么形容你自己呢？不要去照镜子，因为除了你的脸反射出来的光，它什么都照不出来。从某种意义上说，那就是你的封面，而现在，我们已经知道了只看封面可能会带来的一些问题。封面里面是什么呢？你到底是什么样子？

图15：这面镜子无法让你看清自己

这就是这个特别的孩子的样子，这个人物长得就像是——

你。

事实上，我甚至打算直接把这个人物称作"你"。

另外，我不想把这个故事当作一件已经发生的事来讲，因为我并不知道发生了什么事。这个故事此刻正在上演，剧情正在逐渐展开——简单来说，我正在一边讲述一边构思。

所以，总结一下：

时间=现在
地点=图书馆
主要人物=你

第三章

现在你已经知道我是一本书，而你就是你。在这一章中，故事正式开始啦！

你来到一座巨大的图书馆，徜徉在那些望不到尽头的过道中间。这时，你发现自己迷路了。

你缓缓走过一排排高高的书架，上面写着**文学、诗歌、艺术**和**建筑**。

通往**传记文学**区
通往**文献学**区

你轻手轻脚地走过**陶瓷艺术、计算机科学、戏剧**和**数据管理**书架，来到**字典**和**百科全书**区，旁边的架子上摆着各种语言的**时尚杂志、手稿**和**学术期刊**。你伸手拂过那些**古籍**，接着看到成堆的**哲学、心理学**和**历史**图书，**太空**和**宇宙学**研究，**神学**的大部头巨著，**伦理学**方面的专著，朴实无华的**科学**和**社会学**著作，成排的**数学、气体力学**和**机械学**讲义，密密麻麻的**电学、经济学**和**天文学**概论，甚至还有关于**写作**的作品（讲的是怎样写作、写作主题是什么以及人们最开始为什么写作），再往后是足足二十六排关于如何**发家致富**的书。

你正怀疑自己能不能从这里走出去，不知不觉间来到了一个神秘的角落，这里的标牌上写着**"杂集"**。

杂集，听起来是一个不该来的地方，就像是写着**"哎呀，此路不通"**的小路。不过，这似乎也合情合理，毕竟你完全不知道自己走到了哪里。

你感觉自己来到了一个被遗忘的角落，说得更准确一点，来到了一个只有拐错了方向才能走到的地方。

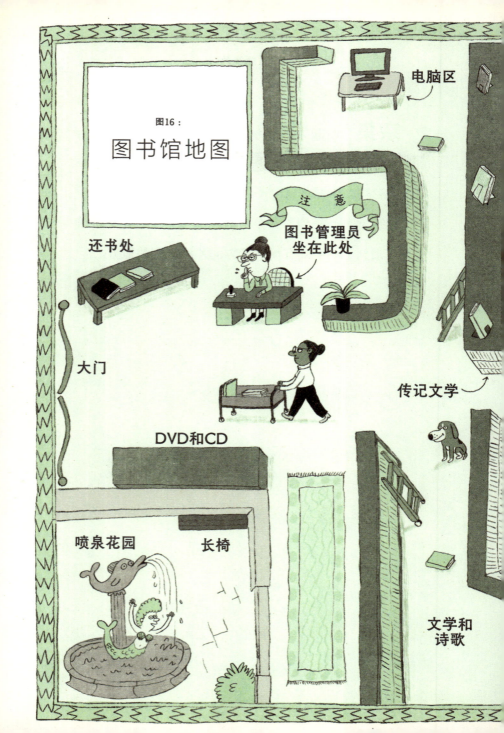

图16：

图书馆地图

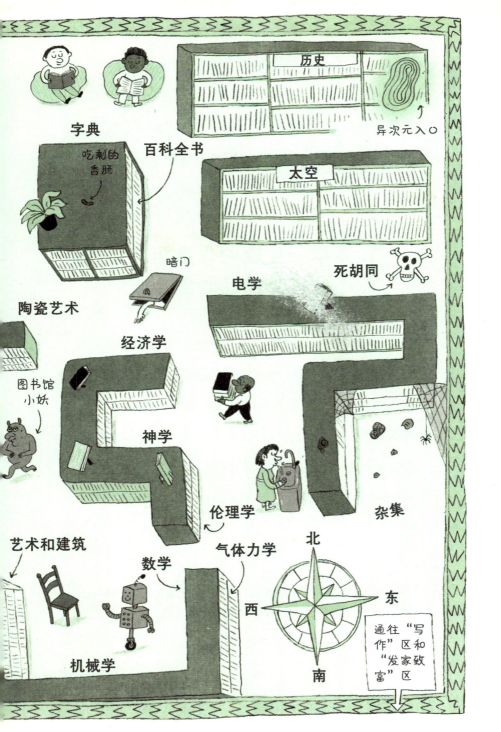

你问自己："'杂集'是什么意思？"所幸，这里是图书馆，于是，你找来了一本词典。你翻了一小会儿就找到了"杂集"这个词。它是一个名词，有两个解释：

1. 非单一主题的作品集；
2. 不同种类物品的集合。

负责整理这些书的人肯定采用的是第二个解释，因为"杂集"区里的书唯一的共同之处是——它们似乎无法被归到其他区域。这里的书不多，虽然过道一直延伸到视线尽头，但书架上总共只有十几本书，每一本都像是被随手扔在一边的，看起来十分孤单。正当你在想哪些书会被归到这个无法分类的区域时，一本书吸引了你的眼球。[1]

---

[1] 当人们说什么东西吸引了他们的眼球时，我总是会想象他们的眼球掉了出来，吧唧一声落在了那样东西上。你也可以这样想象一下！

图17：掉落的眼球

在一个高高的架子上，只有一本没有做任何记号的薄薄的小书靠在生了锈的书立边上。它的封面看起来像是用磨旧了的灯芯绒做的，颜色介于地衣的暗绿色和石板路的土灰色之间。你一直盯着它看，完全没有想到自己会盯着一本平平无奇的书看这么久。

45

　　过了一会儿，你开始萌生一种奇怪的想法：这本书不希望我看它，它想让我看向别处。

　　你是一个好奇心很强的孩子，任何事情都想要一探究竟，你非常清楚自己此刻想要做些什么。

　　你开始琢磨踩着什么东西才能够到它。你觉得也许可以在附近找到书架梯或是折叠梯，毕竟，没有这种东西，谁能把那本书放到上面去呢？

　　你找来了一把小折叠梯，把它架好，爬了上去。

　　爬到一半时，你听到了一个低沉的声音。

　　这个声音仿佛来自尘埃。

高跷

其他人
（需要先征得同意）

坚硬的水果

图18:

几种可以踩的东西

第四章

在这一章中，你发现自己和一本书交谈了很久。

这个低沉的来自尘埃的声音只说了一个字：

"嘿！"

如果你有些胆小，那很有可能会被这个声音吓到；但是你足够勇敢，而且非常坚定，因为你来自伊普斯威奇。[1]于是，你开口说道：

---

1 如果你不是伊普斯威奇人，请忽略这句话，同时，我还要说："恭喜你！"

"你好？"

你的声音微微发颤，但听起来还是和狮吼一样洪亮。没有人回答你。你非常清楚接下来该说什么：

"是谁在说话？"

你的声音只有一点点颤抖。你又听到了那个沙哑的声音：

"我建议你去看看其他书，它们比我有趣得多。"

"你是谁？"

你鼓起勇气直白地问道。

"我是一本书。"

对方回答。

听到这个回答，你觉得有些害怕，但还是忍不住笑了一下。你壮起胆子，决定尽快弄明白这到底是怎么一回事：

"真是有趣！你在哪儿？"

图19：一点点颤抖

"我已经告诉你了，我是一本书。"

图20:

让一本书承认自己是一本书

让一个人承认自己不是一本书没有你想象得那么容易。你本来是个很有耐心的孩子，可此时你的耐心已经消磨殆尽了。这不是你的错，这很正常。于是，你说：

"别闹了，已经有点吓人了。"

"我没有闹，也没有'吓人'。我是一本书，我不想重复第四遍，我也不想离开我的栖息地。我更不喜欢被人拿下去，翻几页，然后啪地合上，那样会刺痛我的脊柱。"

"如果没有人把你拿下来，怎么会有人去阅读你呢？"

"我不希望有人来读我，也从来没有人想要读我。我打算就一直这样下去。"

"这太离谱了。"

"是你正在和一本书说话。"

此刻，你已经不知道你的身体和大脑是不是还在并肩作战。虽然我们都知道你是一个勇敢的孩子，但你还是开始感觉到疲惫，感觉到紧张不安。你拥有丰富的想象力，也许这就是所谓"白日梦"？

那个声音继续说道：

"你也许正在想：书没有嘴，怎么能说话？"

"你怎么知道？"

图21：身体和大脑的田径比赛
接力赛跑：获胜者未知

"因为我会'心灵感应'。你知道这个词是什么意思吗？"

"知道，但是很难描述。"

"如果你描述不出来，那你就不知道它是什么意思。"

"我知道'傲慢'是什么意思。"

"真有意思。你想知道'心灵感应'是什么意思吗？"

虽然你并不想说"想"，但你还是说了：

"想。"

"'心灵感应'是指你可以把自己的想法传到其他人的大脑，然后接收他们的想法。我想你应该知道自己是在图书馆吧？"

你当然知道这一点，实际上，这座图书馆是你在不久前才想象出来的，但是你不想让这个可怜的家伙难堪，所以只是郑重地说了一声：

"嗯。"

"那你有没有听到什么嘘声？"

"嘘声？"

"有人嘘你吗？"

你停下来想了一会儿。到目前为止，还没有人来嘘你，于是，你如实回答了它。

图22:

心灵感应

"你不觉得没有人嘘你有点奇怪吗？我们已经说了一会儿的话了。"

"我不确定这算不算是最奇怪的事。"

"可我并没有问你'没有人嘘你'是不是最奇怪的事，我只是问这件事是不是有点奇怪。你知道吗，这里的图书管理员非常爱嘘人。我曾经见到有人把手绢掉到地上，图书管理员就过来非常严厉地嘘了他。你知道手绢掉到地上才多大声吧？"

你不介意回答它，没多大声。

"没错，没多大声。"

那个声音说道。

它继续说道：

"没有人嘘你是因为我们是通过心灵感应交流的。没有人嘘你是因为你没有发出任何可以被嘘的声音。"

你微微张开了嘴，意识到自己的喉咙完全没有发力。

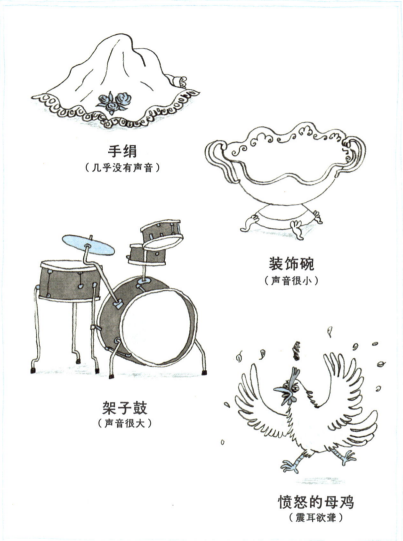

手绢
（几乎没有声音）

装饰碗
（声音很小）

架子鼓
（声音很大）

愤怒的母鸡
（震耳欲聋）

图23:

不同东西掉到地上发出的声音大小
（按声音从小到大排序）

从听到第一声奇怪的声音起，你就没有开口说过话。你伸手摸了摸自己的脖子，没错，它还好好地立在那里。

"这是怎么回事？"

你没有说出声，但那个声音已经开始作答：

"我不知道，之前从来没有发生过这样的事。这是我第一次用心灵感应交流。"

图24：不适合公之于众的想法

这本书可以读出你的想法，可你并不是很愿意接受这个事实。许多在你的大脑中掠过的事情并不适合公之于众，一些在你的脑袋中闪现的念头最好只待在你自己的脑袋里。你需要牢牢控制住你的大脑，当然，这并不是说你必须双手紧紧抱头。

简直太奇怪了！但你并没有把这个想法说出口。

"是的，没错。"

˝好吧。嗯，再见。˝

"再见。"

第五章

在这一章中，你的想法以及故事走向发生了转变。

你就这样走开了。半路上，你告诉自己，刚才发生的事不可能是真的，根本没有什么叫作"心灵感应"的东西，就算有，一本书怎么可能有这个本事呢？你打算回家躺到床上睡一觉，希望等一觉醒来，一切就可以恢复正常了。

你走过一排排写着**恐怖小说**、**幽默故事**、**阴谋论**和**黏土技艺**的书架，在走到**愤怒管理**区之前，你在**传记文学**区撞到了一个匆匆走过的人。

要论撞到人后的礼貌程度，你肯定能排进史上前十，于是，你用最小的声音说道：

“对不起。”

只过了不到0.25毫秒，你就听到了一个尖厉的声音：

“嘘！”

你抬起头来看了看，只见图书管理员弯曲的手指竖在她噘起的嘴唇中间，那根手指上还沾着发出嘘声时滋出的唾沫。

这看起来有些恶心，不过，她确实也没有听错。

“嗯——”

“没错，嗯——”

一个声音说道。这个声音不是从附近传来的，除了你，没有其他人听到这个声音。它听起来像是那本书，但是很显然，那本书不可能发出声音，因为它是一本书。

视角A：正面

视角B：立体派

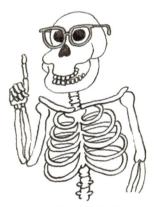

视角C：骨架

视角D：特写

图25：

多种视角沾着唾沫的手指

现在你需要做一道选择题。你可以像大多数人一样选择发出一声轻声的尖叫，逃离这座图书馆，然后抱怨几句刚才来嘘你的图书管理员……

僵住

逃跑

跳走

躲藏

图26：受到惊吓时可供选择的应对方式

但是，你和大多数人不同。你能有多少次机会在完全靠自己想象出来的图书馆里和一本书通过心灵感应交流呢？少之又少。于是，你快步往回走。

"你为什么不想让人阅读你？"

"不关你的事。"

"是因为这个，你才待在那么高的地方吗？这样就没有人可以够到你了？"

"你觉得是我自己把自己放到这里的吗？"

"我不知道……我想……如果一本书会说话，那它或许也有飘浮之类的本领。"

"别说得这么荒唐。"

"你觉得我荒唐？我觉得你才荒唐！'荒唐'是什么意思？"

"'荒唐'就是'傻'。"

"没错，那就是在说你。"

"没有人逼你回来，你可以想走就走，不像我，

人们把我放到哪里，我就得待在哪里。"

听到这句话，你觉得有些难过，原来书这么可怜。

"你愿意让我把你拿下来吗？"

图27:

话题活跃者

"不，我不愿意。"

有时候，如果对话进行得不是很顺利，可以尝试换个话题。

图28:

话题终结者

"那你是哪种书呢？"

"最喜欢待在人们够不到的地方的那种书。"

"你咬人吗？"

"什么？"

"你有牙齿吗？你会咬人吗？"

"当然没有！我是一本书！"

"不过是一本会说话的书。"

"只能通过心灵感应的方式说话。你知道我没有嘴，那怎么能有牙齿呢？"

这本书意识到它的话有些多了。

"嘿！别打什么坏主意。待在那儿不要过来。"

"不然呢？你会咬我，是不是？"

你走到了梯子跟前。

"啊，你这只卑鄙的臭虫，太讨厌了！离我远点！我没招惹你吧？"

"问都不问就窥探我的想法算不算？"

有牙齿的东西

狗的头骨

这只短吻鳄

梳子

发条咬人
玩具

锯子

图30:

没有牙齿的东西

成团的东西

小婴儿

青蛙手偶

《没有人想读的书》

大多数袜子

"除此之外呢？"

"在我把你拿下来之前，你还有什么要说的吗？"

"走开！"

不过，你已经爬上了梯子。

"我不想让任何人失望！"它说。

图31：常见的臭虫   图32：卑鄙的臭虫

你爬到一半，停了下来，好像是在说"哦"。你原本的计划并不是这样，但做计划的问题在于，事情不会总是按照计划发展。计划往往赶不上变化，这样一来，就和完全不做计划没有什么区别了。

我们现在是不是需要稍稍休息一下？

我觉得我们应该休息一下，因为这段时间发生了太多的事情……

第六章

在这一章中，可以说，你打开了那本书。

你爬上了梯子，正好爬到了一半的位置。这时，一个奇怪的想法钻进了你的脑袋。尽管这完全在你的计划之外，但你还是开口问道：

"你说你不想让任何人失望，这是什么意思？"

那本书没有立刻回答。它发出了一点轻微的声响，好像是想要翻动书页，但在考虑了一番之后，又改变了主意。

"我担心如果有人把我从这里拿下去，我就会

让他们失望。"

"可是，如果没有人把你拿下来，那你怎么能知道人们会怎么想呢？"

"你说得没错。"

"你这么想是错的。"

"不过，这只是一种想法，还可以有另一种想法：无知者无畏。"

"你害怕失去什么呢？"

"一切。"

"别这么夸张。"

"我当然应该夸张。我是一本书，没有夸张的戏剧性情节就不会有故事！"

此刻，你可能会想，这本身会不会就是一个故事。

是不是只是两个人……哦，实际上只是一个人在无声地对着一堆纸说话？[1]

---

1 听起来有一点像写作……

1. 阐述

我给自己做了一个超级三明治！

2. 上升或冲突

你是想要吃我的超级三明治吗？

3. 高潮

你把我的超级三明治吃了！

4. 下降或妥协

我们来给对方做超级三明治怎么样？

5. 结局

你比我的超级三明治还要重要！

图33:

戏剧性情节示例

"我在学校读的书都是没有戏剧性情节、没有故事的。"你说道。

"可是，没有人想要读那种书，人们只是不得不读而已。"

"比琳达·李·托德就喜欢读那种书。她喜欢上学，还会在课余时间做数学题。"

"她长什么样？"

"又矮又小，牙齿白得发亮。"

"听起来很糟糕。"

"我也这么觉得，而且她名字的缩写'比李托'听起来就像是我最讨厌画的'比例图'。"

"如果她到这儿来，我会跳下去砸她的脑袋。"

"哦，她不会到这儿来的。她从不读杂书，只看课本。"

计划

上午4:30	起床
上午4:31	开始间歇训练、 锻炼.
上午4:47	冥想
上午5:11	做数学题
上午5:23	吃早饭：骨头汤、菠菜、白煮蛋
上午5:40	继续做数学题
上午5:48	接着做数学题
上午5:51	还是做数学题
上午5:59	开线上哲学研讨会（数学）
上午6:18	做仰卧起坐
上午6:20	喝水休息
上午6:21	休息结束
上午6:22	做单手俯卧撑
上午6:25	叫醒父母

#忙碌的一天！

勇往直前！

☆ 你可以的！ ☆

图34:

比琳达·李·托德的每日计划
（节选）

图35:

图书攻击计划

"又是一件糟糕的事。"

这种感觉还不赖。你不太想和其他人讨论"比例图",因为他们可能无法理解喜欢做数学题有什么不好。跟一本书抱怨[1]就不会有什么问题,毕竟,一本书能把这件事告诉谁呢?

"没错。"你正这么想着,那本书说道。

不过,虽然你只是在通过心灵感应的方式和一本书交流,但如果你还想继续聊下去,一直把那本书称作"书"就会有一点奇怪。

"我应该管你叫什么?"

"我不知道。"

"'不知道'是什么意思?"

"就是'不知道'的意思,我不知道自己叫什么。"

---

1 听起来也有一点像写作……

"嗯……你的书名是什么？"

"我没有书名。"

"你肯定有书名，所有书都有书名，不然人们怎么能知道它们是讲什么的呢？"

"可是，我不知道自己是讲什么的。"

"你的书脊上写着什么字？"

"你的脊柱上写着什么字？"

"我的脊柱上为什么会写着字？"

"那我的脊柱上为什么会写着字？"

"因为你是一本书！"

"这是图书歧视！"

"根本就没有这个词！"

"哦，所以你要来定义什么是'图书歧视'，什么不是'图书歧视'吗？！这是典型的非图书行为。"

"你在说什么？"

"我在说人们是怎样对待书的！他们对书没有

图36：脊柱上的字

丝毫的尊重，好像书就是属于他们的一样！"

"这难道不是因为书确实是属于他们的吗？"

"你怎么能说出这种话？书不只是所有物，不只是物品，书是有生命的！"

˝可书不也确实是物品吗？˝

"那你也是。"

你不确定这样说到底有没有问题。你感觉你们之间的对话似乎变成了一场争吵。不知道从什么时候开始，事情变得越来越奇怪了。不过，那本书还没有说完。

"你知道没有人想读的书会是什么下场吗？"

˝我不知道。被送到慈善商店？˝

"不对！"

˝为什么不对？˝

"因为那些书是有人要的。"

˝如果它们有人要，为什么会被送到慈善商店呢？˝

"它们有人要，慈善商店要。我说的是那些没

伺候

按摩

爱戴

图37:

善待一本书的三种方式

有人要的书！那些从来没有人读过的书！那些没有人想读的书！"

"好的，好的，你说的那些书没有人想读。可

没有人要的架子鼓

图38:

慈善商店
物品示例

婴儿穿过的衣服

是，这有什么大不了的呢？"

"没有读者，书就什么都不是！你知道没有人想读的书会是什么下场吗？有人告诉过你吗？"

发条咬人玩具

旧唱片

不要的全家福照片

青蛙手偶

心灵感应头盔

你摇了摇头。

"我觉得也没有人告诉过你。你想知道吗？这件事非常令人气愤，所以没有多少人愿意谈论，不过，我可以和你直说。听好了，如果一本书没有人要，人们认为它是多余的，它就会被运到一间偏远的仓库，然后在那儿遭到谋杀。没错，就是谋杀，只是人们不这么说而已，他们选了一个很别致的词来指代这个过程——化浆。他们觉得用这个听起来像是做水果奶昔一样的词就可以掩盖自己的所作所为。"

"我看起来像水果奶昔吗？"

你被它的这番话吓到了，用力摇了摇头。不过，你现在倒是很想来一杯水果奶昔。

"哦，他们还试图用'回收'来美化这种行为。我们身上的那些纸，也就是我们的身体，还可以有其他更好的用途，比如用作卫生纸！我问你，你愿

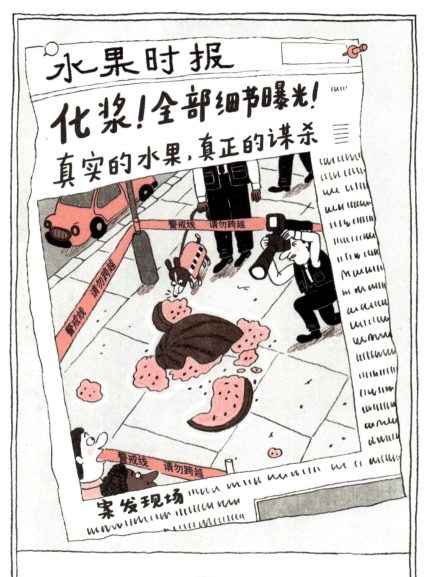

图39:

重罪还是轻罪

意变成卫生纸吗？"

"我不愿意。"

"如果人们觉得你看起来没什么意思，他们并不会直接把你杀死，然后用你来擦屁股，对吧？"

图40：一个人一生用掉的卫生纸

"目前看来，不会。"

"如果你觉得我有点太过纠结于人们到底有没

有'图书歧视'——真的有这个词——那请不要忘了，这关乎我的命运……"

你觉得脖子有些酸了，于是晃了晃脑袋。不过，你还是更想来一杯水果奶昔，因为水果奶昔是最好喝的东西。

"所以，这就是我要藏在这里的原因。"

"这样就没有人会用你来擦屁股了？"

"这样就没有人会注意到我了！"

"哦。"

"可是，你会把这一切都毁了的！"

这时，你听到一个奇怪的声响，像是纸张皱起来的声音，又像是有人在抽鼻子。这是什么声音？它在哭吗？书会哭吗？

你赶忙向上爬了两步，想要凑近些听一听。

"你还好吗？"

"我很好。你怎么样，你这个可怕的图书歧视

者？"

"别哭了。"

"为什么不能哭？"

"你的纸张会湿的。书不太适合泡在水里，它们会非常难受，变成一页页透明的纸，晾干后还会变得又厚又肿。"

"谁在乎呢？！"

"我在乎！"

"你为什么在乎？"

"因为我想读你。"

"可你都不知道我是讲什么的！"

"嗯，我想要看看你到底是讲什么的。"

"你要是不喜欢我怎么办？"

图41:

水里的书

（范例）

˝我会喜欢你的。˝

"你怎么知道？"

˝因为我已经喜欢上你了。˝

说完，你伸手把那本书拿了下来，打开了那本书。

第七章

在这一章中，你和那本书（在某种意义上）达成了一致。

你开始快速翻阅起来。你翻着，翻着，一直翻到最后一页——你翻完了整本书。

"你完全是空的！"

"空的？谢谢你啊！空的！你自己肚子里也没有多少墨水，空空如也！"

"不是，我是说，你里面一个字都没有。"

"是因为我哭了吗？哦，不对，我没有哭。是

不是谁的眼泪，其他人的眼泪，把上面的字都冲掉了？"

"不是。你里面是完全空白的。如果之前有字，那应该会留下一些痕迹。我总是会把什么东西弄洒，所以很了解这一点。嗯，就是这样。大家都说经常弄洒东西是一个坏毛病，但有时这也能带给你一些意想不到的发现，比如有一次，我把一些黏糊糊的……"

你突然倒吸了一口气。

图42:

各式墨水瓶

"我知道了！没有人想读你是因为你里面还没有字！你没有内容……"

"不用说得这么难听。"

"我只是想说你是空白的。"

"天哪，你太清楚在一本书心情不好的时候该怎么进一步刺激它了。"

"我没有想惹你不开心。"

"这么说，没有人会来读我了。希望你的话像

润喉糖一样化在熔岩当中，希望你的那些胡言乱语被清风一吹即散。"

"不过，这说明你潜力无限！说明你想是一本什么书就可以是一本什么书！"

"他们管这个叫……开放性主题。"

"没错！那你希望自己是一本什么书呢？"

"我没有想过这个问题。我可以是一本什么书？"

"你可以是一本间谍故事书，主人公是一名很厉害的间谍，名叫比比·阿格尼丝，代号'比利时阿波罗'。"

"我对这种奇怪的名字没有什么兴趣。我觉得'安东尼·安大略'这种名字都是作者图省事起的。"

"好吧，那你会给这名间谍起个什么名字？"

"嗯……他的名字应该很普通，不会引起人们的注意，比如鲍勃。"

图43:

间谍故事书的封面

"那他姓什么呢？"

"没有姓，只有一个简单的名字，就像埃尔维斯那种。不过，他不叫埃尔维斯，叫鲍勃。"

"所以，你就是一本关于鲍勃的间谍故事书。"

"是的。书名可以叫《我的名字叫鲍勃，我是一名间谍》。"

"可如果鲍勃是一名间谍，他为什么要把这件事告诉所有人呢？"

"也许他不是一名很好的间谍。哦！那书名就叫《我的名字叫鲍勃，我不是一名好间谍》怎么样？"

"嗯……爱情故事怎么样？你也可以是一本爱情故事书！"

"会有亲亲的情节吗？"

"可能会……"

"我可不想有什么卿卿我我的内容！"

图44:

爱情故事书的封面

"即使是轻轻一吻也不行？"

"绝对不行！"

"好吧。那历险故事书怎么样？"

"我有没有跟你说过我有点心理障碍？"

"没有，不过你现在说也来得及。"

"我有没有跟你说过我有'恐低症'？"

"'恐低症'？"

"是的，'恐低症'。很多人都有恐高症，我没有，我喜欢高处。我已经习惯了待在这么高的地方，没有人能够到我。我在这里很安全，不用害怕被撞倒、被拿走或是掉到地上，所以我不希望这个故事里的任何人物接触到地面。"

"这就有些难办了，连飞行员和宇航员最后都得回到地面。"

"唉，还是算了吧。我没法既当一本书又当一名作者。只有天才能做到！[1]"

---

1 嗯哼……（脸红）

图45:
历险故事书的封面

"其实你并不需要'成为'你讲述的那个故事。作者和他们的作品是不一样的，J.K.罗琳就不是一名巫师。"

图46：真正的巫师拥有的东西

"我以为作者必须写他们了解的东西，而我除了如何做一本没有人想读的书什么都不了解。"

"你说的那是自传！故事可以是关于任何事情的！你不需要为了写故事而真正去做故事里的事情。不是一定要做一条龙才能写关于龙的故事，否则就不会有关于龙的故事了！"

"我以为那些关于龙的书都是龙写的。"

"好吧，并不是。"

"真是奇怪。"

"龙怎么会拿笔呢？"

"会有巨龙学校教它们怎么拿笔吧？"

"龙都是人们想象出来的。有可怕的龙，还有金光闪闪的独角兽呢！"

"好吧，人们可真厉害。"

这本书已经无话可说了，这个可怜的家伙不知道自己还能怎么办。这时，你灵机一动。

图47:

巨龙学校

"我想到一个主意。"

"你可真棒。"

"你想听听吗？"

"我怎么知道？我还不知道你想到的是什么主意。"

这本书需要你。事实上，你就是它一直在等的那个人。

"我想……也许……我可以帮你写上内容。"

"你来写？"

"是的。当然，你同意的话我才会写，我不会……"

"迫害我。"

"对，我不会那样做。'迫害'是什么意思？"

"我想在这里应该是'乱涂乱画'的意思。"

"我已经不是喜欢乱涂乱画的小孩子了。我们应该……先商量一下。"

"我们要写些什么？"

˝哦，我还不知道。我们得想点内容出来。˝

"那读者会是谁？"

˝还不确定。我们是第一批读者。˝

"可能只会有我们两个读者，不过，即使这样也没有什么……"

˝没错。˝

"写一个关于我们自己的故事吧。"

˝这个主意太好了。˝

"也许……有一天……这个故事可以写得很长很长，长到可以写满一本书。"

˝我们只要把行距拉大一点就行了。˝

"还可以加些图画。"

˝没错。˝

你和这本书都没有想到，这个故事可以写到这么长。你们面面相觑，谁都没有说话。不过，这样的沉默只持续了一小会儿。

"想象一下如果我是一本有人想读的书会是怎

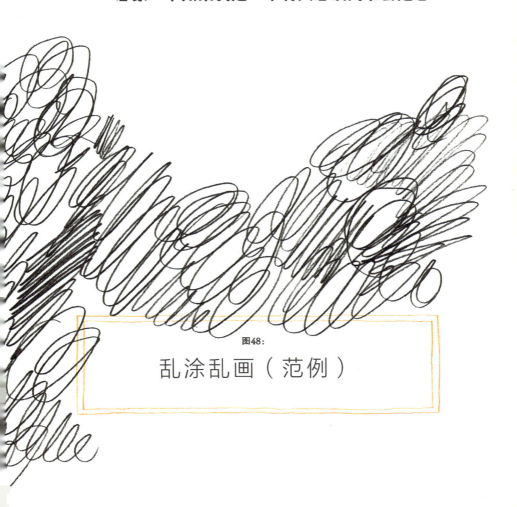

图48：

乱涂乱画（范例）

么样的吧。真是难以想见。"

˝我觉得可以想见。˝

"真的吗？"

图49：有用的图画

图50：没用的图画

图51：完全没用的图画

˝我已经在这么想了。˝

"我们应该给我起个什么名字呢？"

˝我们现在还不用为这件事烦心。˝

"你说得对，书名从来都是最后才确定下来的。"

就这样，你爬下了梯子，手里紧紧抓着你的新朋友。我希望，你此刻也正在用同样的方式紧紧抓着我。

全文终

后记

在这一部分中，我提出了两个问题："这本书的意义是什么？"以及"意义的意义是什么？"

有时候，故事的意义从开头就可以看出来。

"不久之前，有一只非常严肃的鬣狗……"

你肯定知道这个故事会怎样发展下去，对吧？这只严肃的鬣狗会通过某件事意识到，自己太过严肃，很少露出笑容，让别人觉得有些无趣。家长们就是这样。好吧，可能不是所有家长都是这样的，至少那些从早上就开始说"这一天下来……"的家长肯定是这样的。

家长们喜欢意义。

家长们喜欢有意义的故事。有时，他们的所作所为会让人感觉，故事反而像是意义的绊脚石。他们甚至在还没有读到故事的结尾时就会发问："你觉得作者想要阐述的意义是什么？"他们管这个叫阅读理解，而我认为这是抓错了重点。

我想要问他们："这些意义的意义是什么？"

就拿《蝎子和青蛙》这个故事来举例吧。

一只蝎子和一只青蛙来到河边。蝎子说："嘿，跳跳蛙，你能不能带我过河？我把游泳圈落在朋友家里了。"

青蛙说："第一，不要管我叫'跳跳蛙'。第二，无意冒犯，可蝎子不是出了名地爱蜇人吗？左蜇蜇，右蜇蜇，最后再在中间蜇一下（这一下可能是最疼的）。放在平时这就已经够要命的了，驮着你过河的时候后果会更严重吧？"

蝎子听完说道:"嘿,呱呱蛙,我怎么会在过河的时候蜇你呢?如果我把你蜇了,你就会沉到水里,那我就只能自己潜水了。"

青蛙说:"第一,不要管我叫'呱呱蛙'。第二,现在我完全放心了。"

于是,蝎子爬到了青蛙的背上,青蛙拿出了自己的看家本领——蛙泳。

到了河中央的时候,蝎子蜇了青蛙一下。

它们俩开始一起往下沉。这时,青蛙问道(可能在此之前还骂了蝎子几句):"你为什么要这样?"

蝎子回答道:"这是我的天性。"

我问你,这个故事的"意义"是什么?

通过这个故事,我们知道了蝎子会蜇人,而且淹死之后就没法儿继续游泳了,所以最好不要驮着蝎子游泳。

我们真的需要一个寓言故事来阐述这个意义吗?

蝎子和

青 蛙

—个关于背叛的故事

全剧终

没有人想读的书

　　我说不清《没有人想读的书》的意义是什么。我想，如果必须说，那我会说真正的意义在于和你共度这段时光。我感觉我和你从一开始就相互了解，我们可以通过心灵感应交流，我喜欢看你想象这本书空白的书页上可能会有些什么内容的样子。你看，空白的书页可能看起来像是一沓白纸，但事实上，它们是一扇大门，可以通往你想要想象出来的任何东西。它们是一扇闪闪发光的白色大门，不过，好吧，看起来确实有一点像白纸。

　　仅用一把钥匙是无法打开这扇魔法大门的，因为我们真正在谈论的其实是白纸——我觉得你应该已经很清楚这一点了。

　　你需要想象力，需要一些时间，还需要一点点勇气。

　　哦，还有一支笔。[1]

---

1 需自备。

图53:

一沓白纸

那么，你还在等什么呢？

如果你真的写了一本有意义的书，一定要确保它有意思。

否则，就一点意义都没有了。

图54：不知道从哪儿掉下来的笔

作者：[英]理查德·阿尤阿德

　　理查德·阿尤阿德是这本书的作者。他还写过其他作品，但都不是这一部。这也许是件好事，因为只有在还没有崭露头角的时候，你才能花这么久的时间来写一本书。现在，他只要一坐下来，很快就会进入梦乡。

绘者：[英]托尔·弗里曼

　　托尔·弗里曼是这本书的绘者。她为许多图书绘制过插图，同时创作并绘制漫画。她喜欢画穿着衣服的小动物，还喜欢缝纫和跑步。现在，她只要一坐下来，很快就会进入梦乡。